마음도 번역이 되나요

LOST IN TRANSLATION: An Illustrated Compendium of Untranslatable Words from Around the World
by Ella Frances Sanders

마음도 번역이 되나요

다른나라 말로 옮길 수 없는
세상의 낱말들

엘라 프랜시스 샌더스 지음 | 루시드폴 옮김

시공사

들어가며

마음을 온전히 전할 수 없다면 어떻게 할까요?

그 어느 때보다 긴밀하게 이어져 있는 현대인들은 다양한 방식으로 소통하며 자신을 표현합니다. 각자가 느끼는 바를 많은 매개체를 통해 전할 수도 있고, 중요한 것이든 사소한 것이든 모든 일상사를 다양한 경로로 설명합니다. 그렇게 사람들의 의사소통은 빠르고 잦아졌지만, 안타깝게도 서로의 마음을 오롯이 전하기란 여전히 어렵습니다. 어쩌면 본심이 와전될 가능성은 예전보다 더 커졌는지도 모르겠습니다. 사실 우리는 각자의 마음을 있는 그대로 전할 수 없어 자주 헤맵니다. 아무리 긴밀하고 발 빠르게 소통할 수 있다 해도, 전하려는 마음과 전해지는 마음은 언제나 다르기 때문입니다. 그리고 본디 사람의 감정과 의도란 것이 얼마나 곡해되기 쉬운지 우리는 잘 알고 있습니다.

이 책에 소개되는 어떤 낱말들은 당신이 남모르게 궁금해했던 질문에 답을 줄지도 모릅니다. 규정짓기도 어렵고 묘사하기도 난감한 감정과 경험을 정확히 짚어 줄 수도 있고, 오래도록 잊고 지낸 누군가를 기억나게 할 수도 있습니다. 다른 사람들과 부드럽게 대화를 시작하기에 근사한 단어들도 있을 겁니다. 그렇지만 나는 이 책에서 당신이 그 이상을 느끼고 긍정할 수 있다면 좋겠습니다. 우리 모두가 사람이라는 당연한 사실과, 지구에 살고 있는 사람들은 근본적으로 깊게 연결되어 있다는 것, 그리고 그 연결의 매개체가 바로 언어와 정서라는 사실 말입니다.

우리 모두는 스스로를 다른 사람들과 다르다고 생각하고 싶어 합니다. 자신은 남들과 동떨어진 개별자라고 쉽게 생각하고, 각자의 표현과 자유와 특별한 경험을 열심히 전하고 싶어 합니다. 하지만 그렇게 모두 다르고 서로 동떨어진 만큼이나, 우리는 공유하는 동질적인 요소가 많습니다. 우리는 웃는 것도 우는 것도 정말 비슷합니다. 말을 배우지만 또 잊어버리기도 합니다. 그런 연유로 어지간해서는 다른 언어와 문화권에서 온 사람이라 해도 우리는 그들의 삶을 이해할 수 있습니다. 언어가 모두를 둘러싼 이해와 단절까지도 감싸 주기에, 언어의 매력에 빠진 사람들은 늘 경계를 넘기 위해 도전하고, 대답하기란 불가능하다는 걸 알면서도 언어의 도움을 받아 삶이 던지는 질문을 이해해 보려 애를 쓰는 것입니다.

비록 영원한 것인 양 잘못 이해되기도 하지만 언어는 불변의 것이 아닙니다. 언어는 진화하고, 소멸될 수도 있습니다. 한 가지 언어로 몇 개의 단어를 말하든, 여러 언어로 몇천 개의 단어를 말하든, 사람이라면 누구나 언어의 힘을 빌려 정서와 사유를 담아냅니다. 언어로 의견을 제시하고, 사랑과 절망을 표현하고, 다른 사람의 마음을 변화시킬 수도 있습니다.

이 책을 펴내는 일은 나에게 단순한 창작 이상의 것이었습니다. 이제 인간의 본성을 전혀 새로운 시각으로 바라볼 수 있게 되었기 때문입니다. 사람들을 마주칠 때마다, 책에 소개된 명사, 형용사, 동사를 찾는 나 자신을 보게 됩니다. 거리를 걷다 바닷가에 앉아 있는 한 노인의 눈망울에서 '보케토'를 만나고, 미지의 문화를 향해 세상 너머로의 여행을 준비하는 가슴속에서 '레스페베르'를 느끼기도 합니다.

이 책이 당신이 오래 잊고 있던 기억의 일부를 되찾아 준다면, 마음속 깊숙이 자리 잡은 추억을 되찾아 준다면 좋겠습니다. 지금껏 제대로 표현할 수 없던 당신의 생각과 느낌을 비로소 말로 옮길 수 있게 된다면 좋겠습니다. 지금은 멀어졌지만 한때를 같이 보낸 먼 친척 동생의 기억이 어떤 낱말 하나로 완벽하게 되살아날지도 모릅니다. 온전히 묘사할 수 없었던 두 해 전 여름날의 공기를 정확히 묘사하는 말이 담겨 있을 수도, 지금 당신을 바라보는 그의 눈빛을 표현해 줄 단어를 찾아낼 수 있을지도 모릅니다.

에크하르트 톨레는, "말은 현실 세계를 인간의 정신이 포착할 수 있는 것으로 환원시켜 주지만, 그 결과는 그리 대단치 않다"고 했습니다. 나는 그 말에 쉬이 동의할 수 없습니다. 여전히 나는 우리가 말의 도움으로 정말 많은 것들을 붙들 수 있다고 믿기 때문입니다. 물론 언어를 낱낱이 분석해서 모음 몇 개, 발음기호와 음소로 환원시켜 버릴 수도 있지만, 언어의 힘은 믿을 수 없을 만큼 크고 다양합니다. 우리는 가장 익숙한 모어로도 완벽히 마음을 표현할 수 없을 때가 많이 있습니다. 하지만 그렇다고 지레 겁을 먹을 필요는 없습니다. 각자가 느낀 바를 적확하게 표현해 내는 단어를 다른 언어에서 찾을 수도 있고 어쩌면 이 책이 그 시작이 되어 줄지도 모르겠습니다.

자, 그럼 이제 완벽히 번역해 낼 수 없는 사람들의 마음속으로 들어가 볼까요.

노르웨이인들은 샌드위치에 있어서만은 매우 관대합니다.
빵은 언제 어디서나 쉽게 꺼내 먹을 수 있는 탄수화물 덩어리죠.
빵 위에 얹을 수 있는 (혹은 빵 사이에 끼워 넣을 수 있는) 식재료는
뭐든 이 단어 하나로 부르면 됩니다. 치즈, 고기, 땅콩버터, 양상추잎……
모두 다 '폴레그'가 될 수 있어요.

노르웨이어

명사

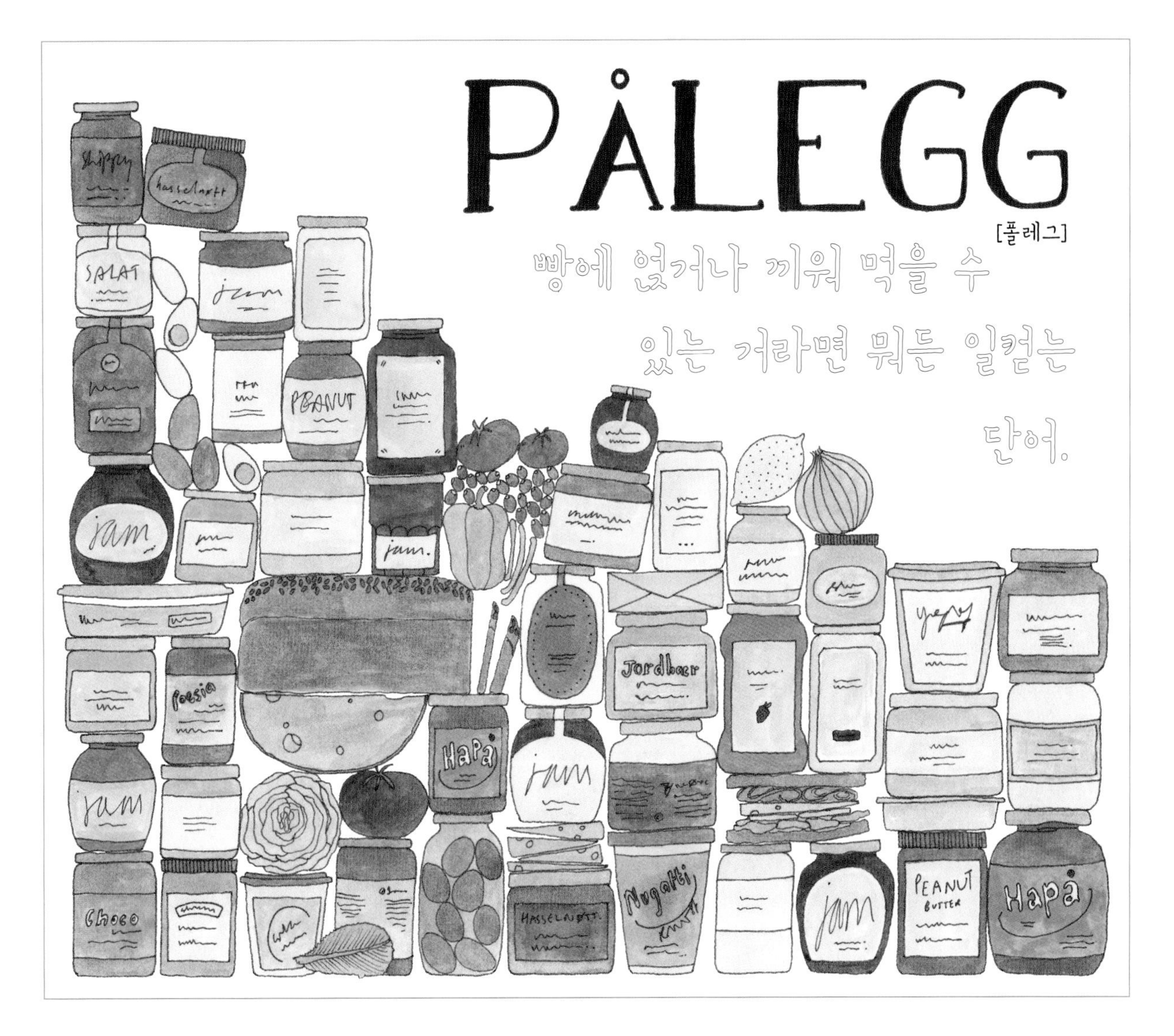
PÅLEGG
[폴레그]
빵에 얹거나 끼워 먹을 수
있는 거라면 뭐든 일컫는
단어.

뺨을 타고 눈물 한 방울이 흘러내립니다.

아마 며칠은 더 울게 될 거예요.

설명도 예상도 못 한 채 감동적인 사람의 이야기가

당신의 가슴에 다가왔으니까요.

동사

COMMUOVERE
[콤무오베레]
마음이 따뜻해지도록 감동받다.
보통은 눈물이 뚝뚝 흐를 만큼
감동적인 이야기와
관련된다.

희미하게 출렁이는 달빛의 서정은

더 이상 사람들의 눈길을 끌지 않습니다.

그렇지만 칠흑 같은 바닷물 위로 발그레 내린 달빛은

여전히 아름다운걸요.

스웨덴어

명사

물결 위로 길처럼
뜬 달빛.

[몽가타]
MÅNGATA

저녁 시간이 서서히 밤으로 스며듭니다. 불꽃은 언제
새하얀 불잉걸이 되었는지도 기억나지 않습니다. 대단치 않은 얘기로
우리는 친구들과 수많은 시간을 보내며 삶의 의미란 뭘까
술 한잔을 나누기도 합니다. 그리고 너무 많이 마신 나머지
다음 날 아침에는 간밤 무슨 얘기를 했는지조차
기억하지 못하는, 그런 때도 물론 있겠죠.

아랍어

명사

SAMAR
[사마르]
해가 진 뒤,
잠도 잊고
밤늦도록 친구들과
즐거운 시간을
보내는 것.

네덜란드 사람이라면 누구라도 '헤젤리흐'에 대해 말해 줄 수 있을 것입니다.
'헤젤리흐'는 네덜란드인에게 있어서 타인을 환대하는 그들의 문화를
함축한 단어입니다. 즐겁고 가족적인 대화와 서로 나누는 따스한 포옹만큼
마음 깊이 우리를 아늑하게 해 주는 모든 것을 아우르는 말입니다.

네덜란드어

형용사

GEZELLIG [헤젤리흐]

평범한 편안함이나 단순한 육체적 아늑함 이상의
따스한 느낌을 표현하는 말.
사랑하는 사람들과의 단란함을 내포한다.

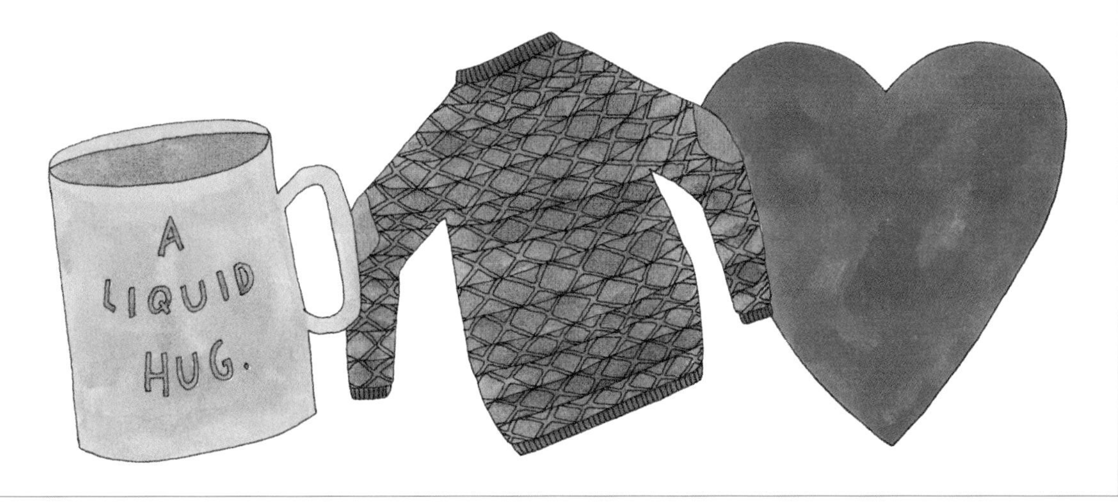

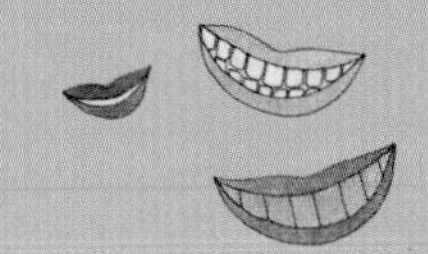

'썩소' 가득한 분위기에서 벗어나기란 쉽지가 않죠.
사람을 어쩔 줄 모르게 만드는 그런 분위기라면
어색한 맞웃음으로 누구도 상대하지 않고
자리를 휙 떠나고 싶어지기 마련입니다.

웨일스어

명사

GLAS WEN [글라스 웬]

원어를 그대로 풀자면 ‘푸른 미소’.
빈정대고 조롱하는 비웃음을 일컫는다.

온 마음을 다하면 결과도 좋을 것입니다.

'메라키'라는 개념은, 그리스인들의 사려 깊은 열정과

작은 것들에 감사하는 그들의 문화에서

싹튼 것임이 틀림없습니다.

그리스어

형용사

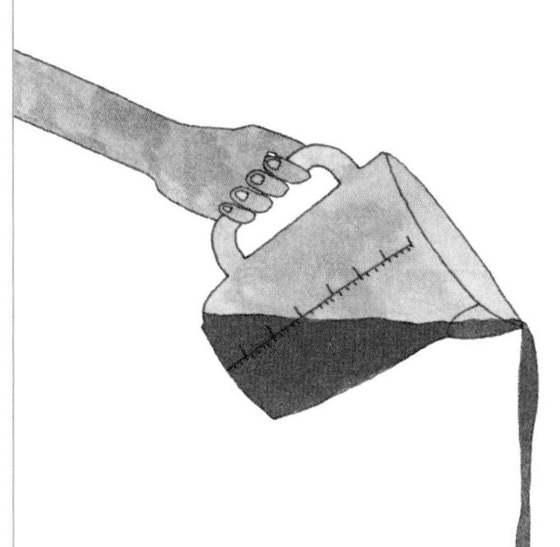

MERAKI

[메라키]

한 사람의 모든 것을 무언가에,
이를테면 요리 같은 것에 쏟아붓다. 어떤 일에
온 마음을 다해 창의력과 사랑을 바치는 것을 말한다.

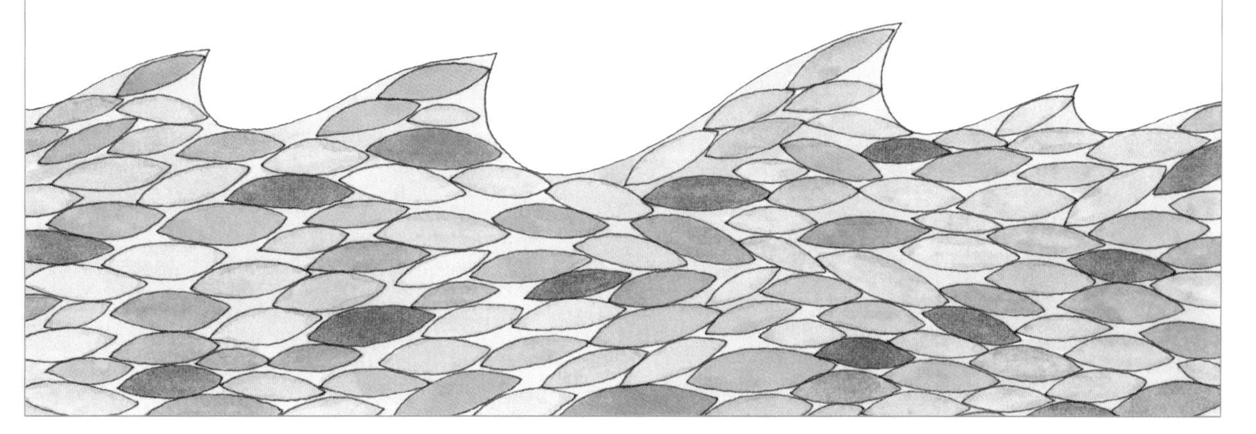

어떤 기분인지 다들 잘 알 거예요. 한번 이런 기분이 들면
논리적으로 생각할 수가 없습니다. 공연히 실실 웃기도 하고
배 속 깊숙한 곳부터 등골까지 짜릿짜릿한 기분이 느껴지죠.

타갈로그어

명사

배 속에 나비들이 날아다니는 듯한 기분.
뭔가 로맨틱하거나 귀여운
상황이 벌어졌을 때
주로 쓴다.

[킬릭]

KILIG

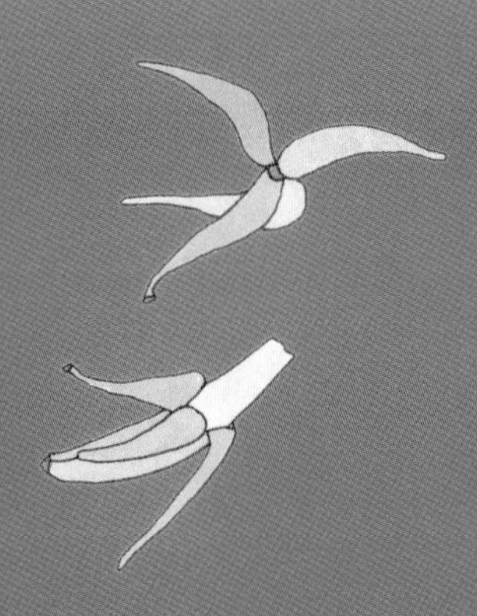

먹는 사람에 따라 혹은 바나나의 크기에 따라 이 시간은 다를 것입니다.
그런데 보통은 바나나 하나를 먹는 데 2분 정도가 걸린다고 하네요.
또 하나, 오래전부터 말레이 사람들은 낮 시간 동안 식인 귀신이
바나나 나무(pokok pisang) 안에 머물러 있다고들 믿는답니다.

말레이어

명사

바나나 한 개를 먹는 데
드는 시간.
[피산 자프라]
PISANZAPRA

'주가드'는 이제 하나의 중요한 개념이 되었다고 해도 과언이 아닙니다.
최소의 자원으로 최대의 효과를 내려는 '검소한 혁신'과 오랫동안
축적되어 온 지역 사람들의 지혜를 모아 일상의 문제를 해결하는 방식이지요.
기존의 법칙과는 조금 다르게 문제를 바라볼 때 사람들의
숨은 창의력과 순발력이 발휘될 수 있다는 것입니다.

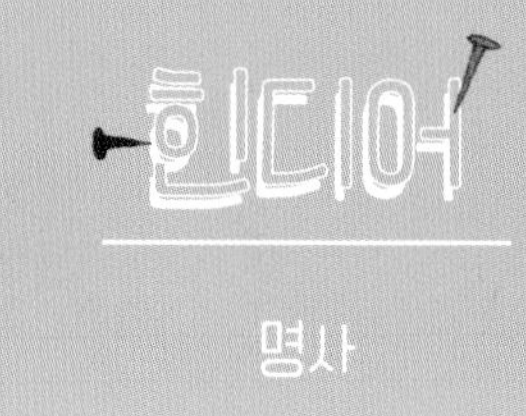

N
W
S
E
PLAN B
최소한의 돈과 재료로
어떻게 해서든지 끝내 일을
성공시키는 것에 대한
개념적 용어.
JUGAAD
[주가드]

커피와 대화는 정말 잘 어울립니다. 영감과 참신한 아이디어를 주고받는 데
아주 좋거든요. 심지어 카페인이 두뇌 회전에 도움을 주는지도 모르겠습니다.
'피카'가 스웨덴 국민들의 사교적 관습이라는 건 그리 놀라운 일은 아닙니다.
스웨덴인들의 일인당 커피 소비량은 여타 유럽연합 국민들의 (혹은 국가의)
평균량에 비해 거의 두 배에 달한다고 하니까요.

스웨덴어

동사

FIKA

[피카]

반복되는 일상에서 벗어나
함께 모여 얘기 나누고
휴식을 취하다. 보통은 카페나 집에서 다과를
나누며 몇 시간씩 수다를
떠는 것을 말한다.

'히라에스'는 (뒤에 소개될) '사우다드'의 회한과 닮은 점이 많습니다.
'히라에스'는 웨일스인들이 지난 시절 모국 웨일스에 대해 느끼는,
슬픔과 그리움이 과하지 않게 뒤섞인 웨일스인들의 말입니다.

웨일스어

명사

HIRAETH

[히라에스]

돌아갈 수 없는

곳에 대한 그리움.

과거 속으로 사라진 곳에 대한 향수, 혹은

가 보지 못한 곳에 대한

쓸쓸한 마음.

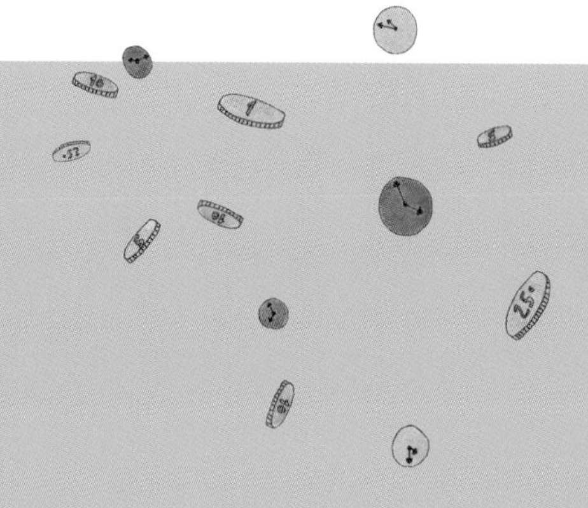

시간도 돈도 무한정 쓸 수 있는 것이 아닙니다. 그리고
손가락 사이로 빠져나가듯 깜빡하는 순간에 없어지기도 합니다.
귀한 시간이나 돈을 쉽게만 쓰는 사람은 세상에 없지요.
한번 써 버린 시간과 돈은 되돌아오지 않을 테니
가능한 한 오래 붙들어 두려는 마음도 이해할 만하죠.

아이슬란드어

동사

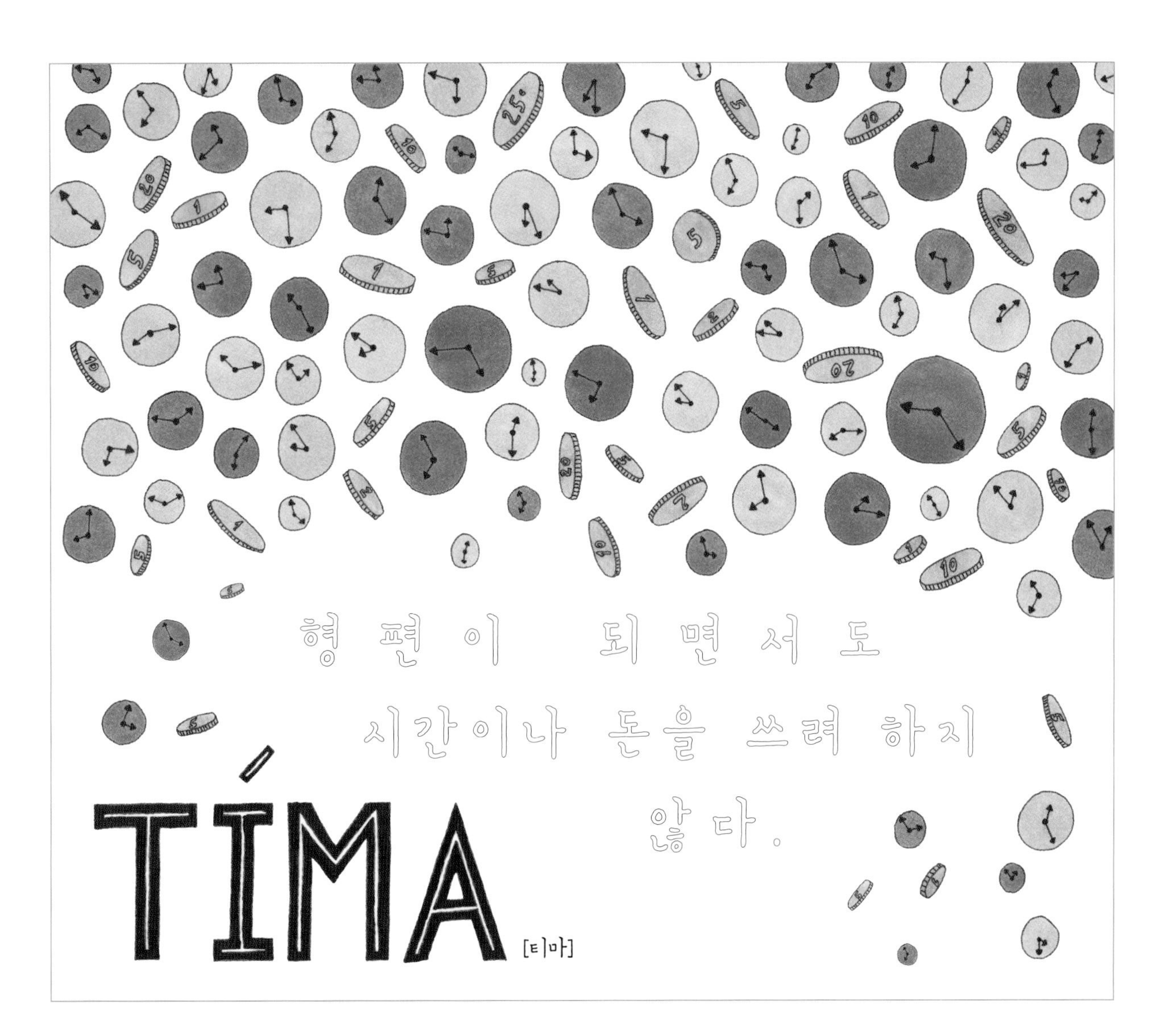
형편이 되면서도
시간이나 돈을 쓰려 하지
않다.
TÍMA
[티마]

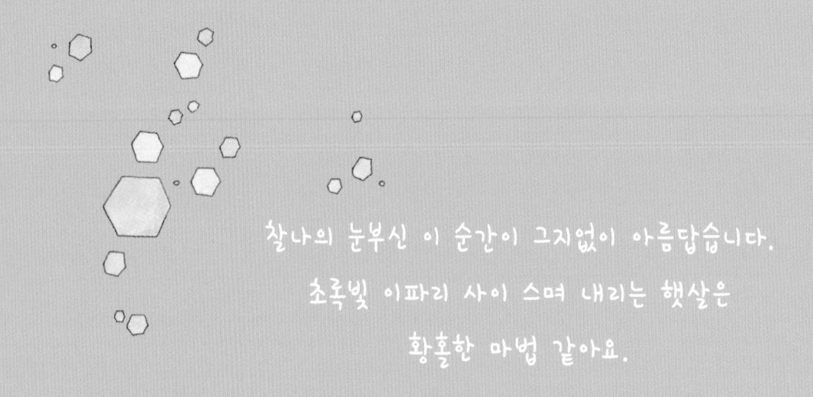

일본어

명사

[코모레비]
KOMOREBI
나뭇잎 사이로
스며 내리는
햇살.

한때는 너무나 사랑했던 그를 보는 당신의 눈길이

달라졌습니다. 더 이상 그는 하늘에서 내려온 천사가 아닙니다.

그렇게 경이롭던 당신의 마음이 시들어 가고

누구도 무엇도 그 마음을 멈출 수는 없습니다.

러시아어

동사

사랑의 단꿈에서 깨어
달콤 쌉싸래한 기분을 느끼다.
RAZLIUBIT
[라즐리우비트]

사람들은 속으로 나쁜 감정을 삼키며 살아가야 합니다. 그런데
불행히도 우리는 본능적으로 음식을 먹으면서 마음을 달래려고 하지요.
그렇게 잠시 마음을 다독일 수는 있겠지만, 한 달쯤 시간이 지나
거울에 비친 자신을 보면 또 어떤 감정이 생길는지……

독일어

명사

KUMMERSPECK

[쿰메르스페크]

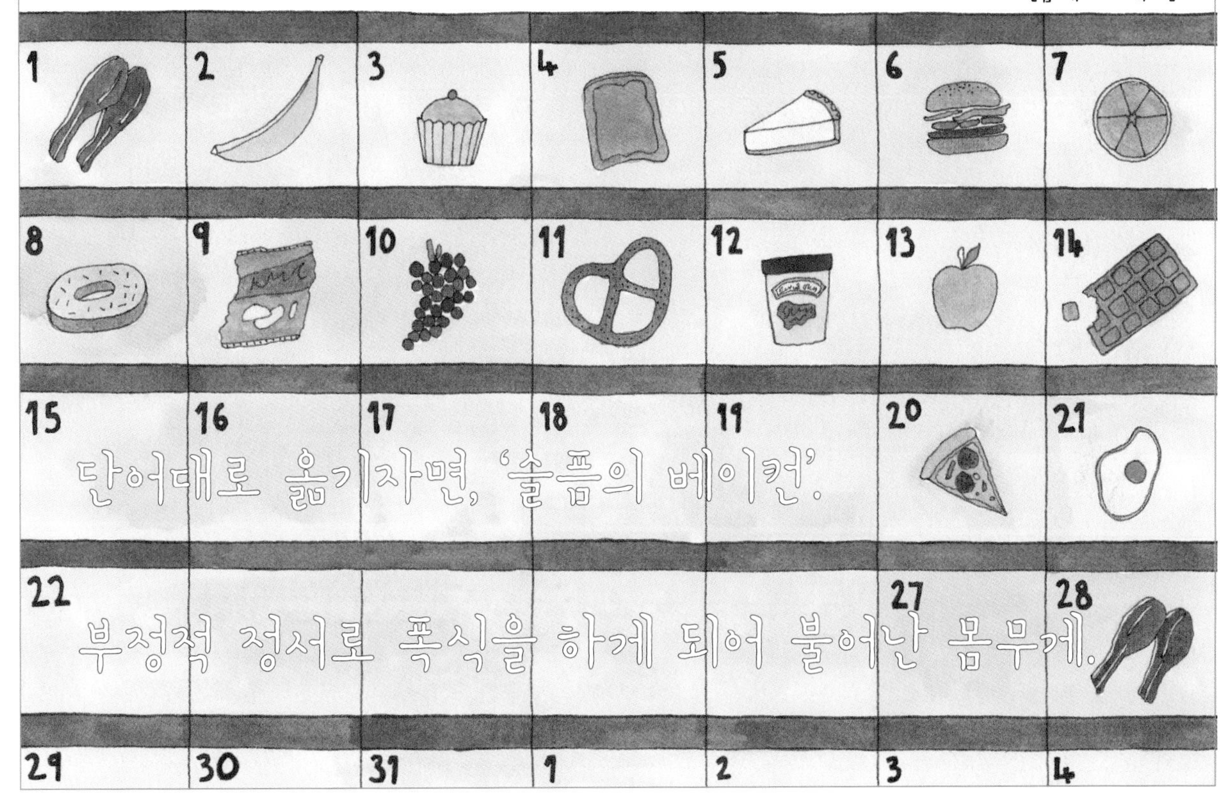

단어대로 옮기자면, '슬픔의 베이컨'.

부정적 정서로 폭식을 하게 되어 불어난 몸무게.

아무것도 생각하지 않는 것,

그 자체를 많이 생각하는 일본인들은

무상의 행위에도 멋지게 이름을 지어 놓았습니다.

복잡하고 정신없는 일상에 휘둘리는 사람들에게

목적지 없는 마음 산책이란 그것만으로도

충분한 기분전환이 될 것입니다.

일본어

명사

BOKETTO [보케토]

무념무상으로 먼 곳을 바라보기.

완벽하게 짜인 여행이라면 순간순간 모험이
찾아올 리가 없습니다. 어딜 가야 할지 모르겠다고요?
바로 그겁니다! 지도나 계획 따윈 창밖으로 던져 버리고
잠시라도 마음이 이끄는 대로 한번 가 보는 거예요.

스페인어

동사*

*(엄밀히 말한다면) 동사 'vacilar'의 현재분사형입니다.(옮긴이)

VACILANDO [바실란도]

어디로 가는지보다
무엇을 하는지가 더 중요한 여행을 하다.

어느 누구라도 아, 하고 무릎을 칠 것입니다.
손목시계가 살짝 끼거나 양말 사이즈가 작았던 경험은
다들 있으니까요. 툴루어는 남서부 인도에서 쓰는 말입니다.

툴루어

명사

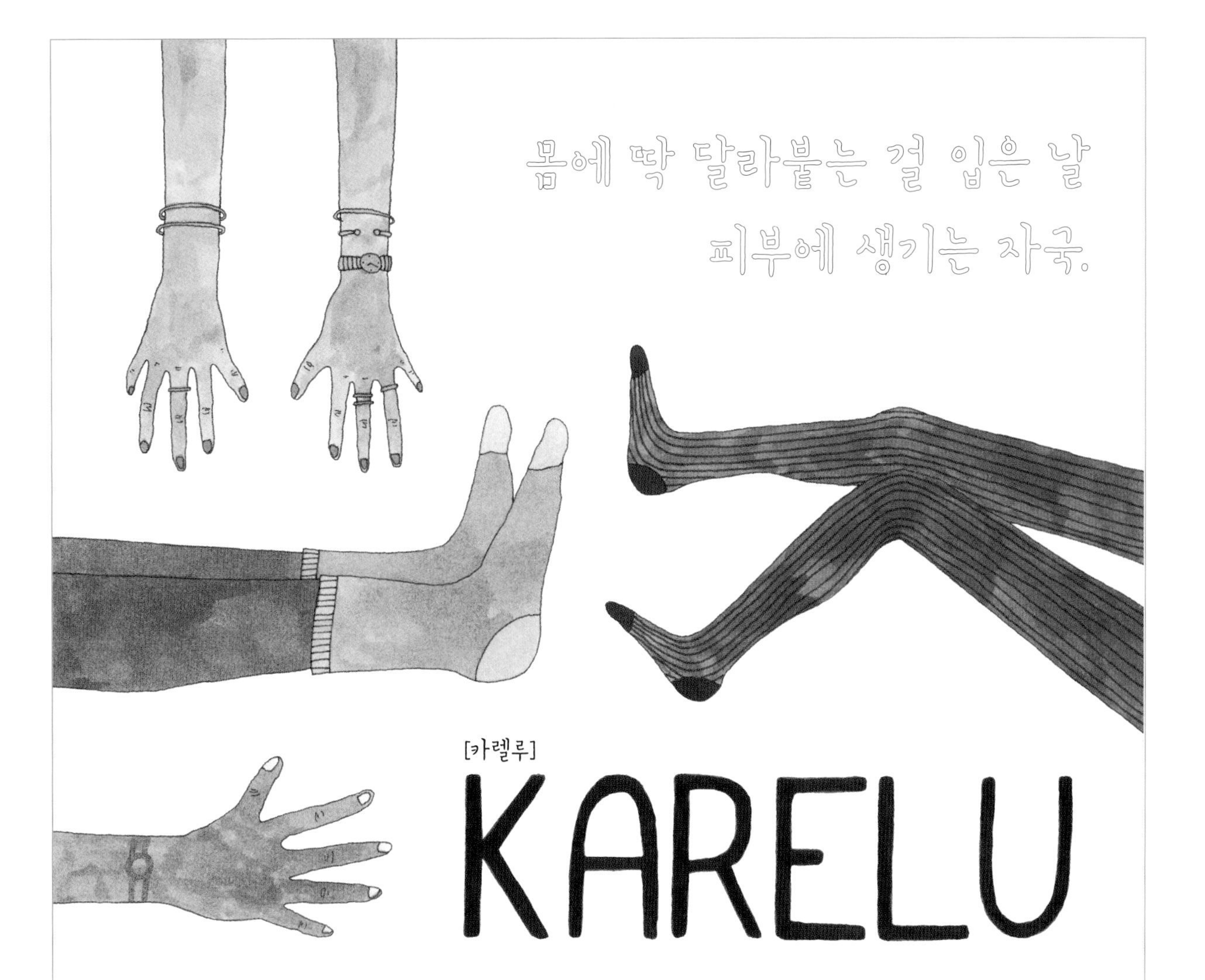
몸에 딱 달라붙는 걸 입은 날
피부에 생기는 자국.
[카렐루]
KARELU

사람을 엉뚱하게 웃게 만드는 농담이 있습니다. 어찌 됐든
웃음을 주기는 하는 셈인데, 타이밍을 완전히 놓친 '뒷북 개그'가 주로 그렇죠?
상관없습니다. 빵 터지는 구절이라곤 하나도 없는 맹숭한 개그도
그런 유인 거고요? 참 이상한 게, 그래도 다들 웃고 있다는 거죠.

인도네시아어

명사

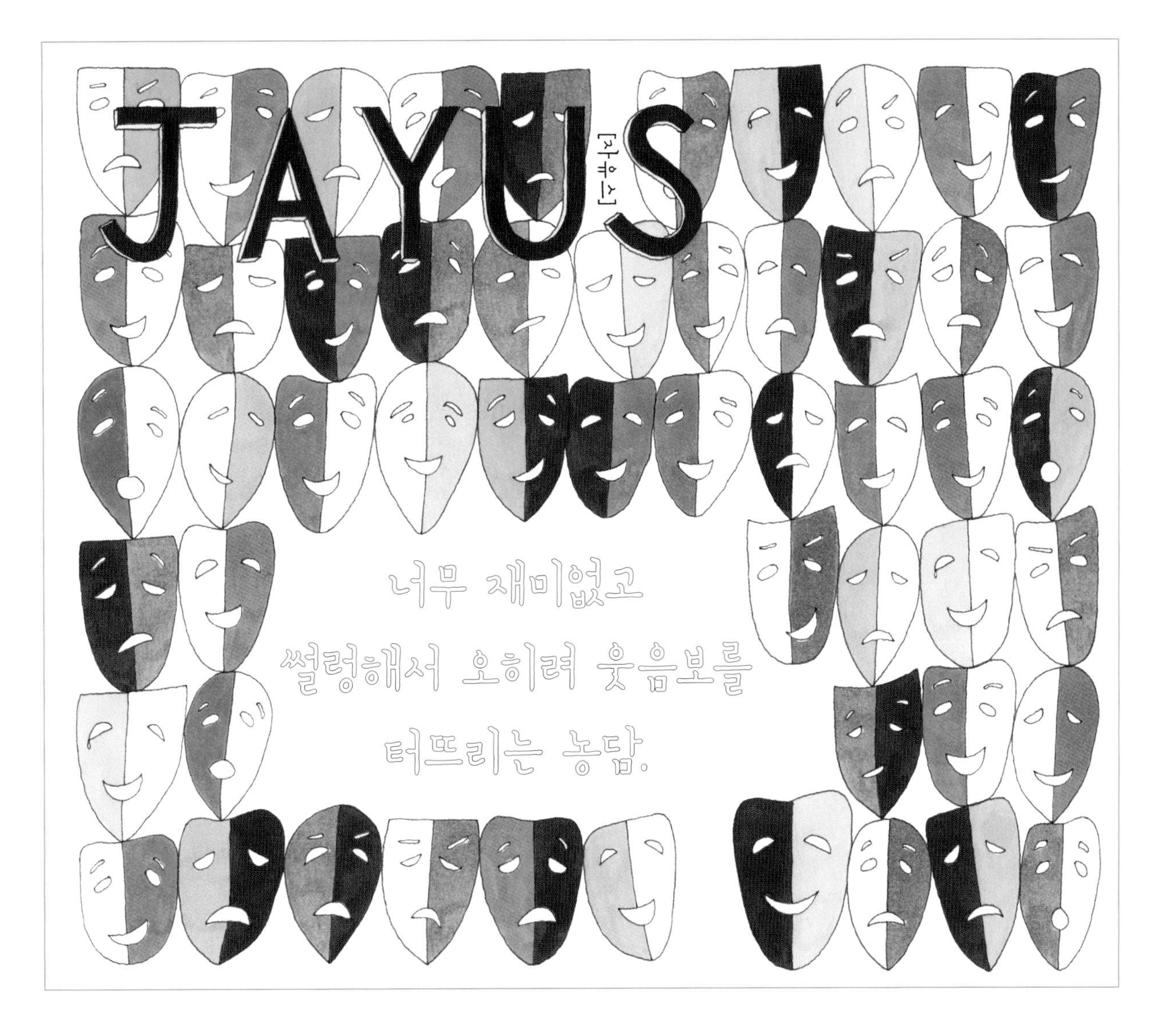
JAYUS
[자유스]
너무 재미없고
썰렁해서 오히려 웃음보를
터뜨리는 농담.

누구나 주변에 그런 사람이 한 명쯤은 있을 겁니다.
그 사람의 잘못도 아닌데 늘 안 좋은 일만 일어나는 사람,
바로 그런 '슐리마젤'을 만났을 때 우리는 딱 두 가지를 할 수 있습니다.
딸려 오는 불행까지 모두 떠안아 주든가, 그게 어렵다면
있는 힘껏 반대 방향으로 줄행랑치는 것입니다.

이디시어

명사

SHLIMAZEL
[슐리마젤]
항상 운이
안 따라 주는
사람.

남아프리카에서 이런 철학적 태도는 중요할 뿐만 아니라 다양하게
해석되기도 합니다. '우분투'의 의미를 아는 사람이란 '모든 사람은 보이지 않게
연결되어 있다'는 걸 인지하는 사람이라 할 수 있습니다. 조금 다른 표현이지만
라이베리아의 한 활동가의 말처럼 이런 말로 대신할 수도 있을 것입니다.
"우리 모두가 있기에, 비로소 나는 나일 수 있습니다."

응구니 반투어

명사

UBUNTU

[우분투]

본래의 뜻은,

'난 당신에게서

나의 가치를 발견합니다. 그리고 당신은 나에게서

당신의 가치를 찾습니다.' 인간의 선함에 대해 (아주)

거칠게나마 번역될 수 있는 말.

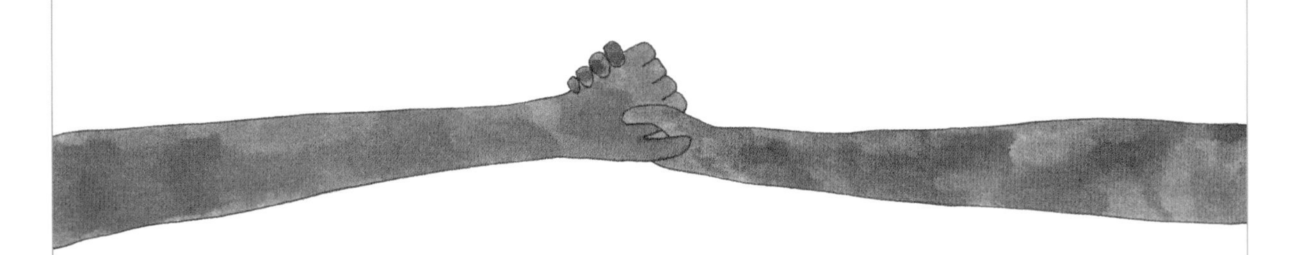

그 양을 가늠하기엔 애매한 단위라고 말하는 사람도 있을
것입니다. 하지만 어느 날 내가 바닷가에서 모래성을 짓는다고 생각해 보세요.
모래성 주변에 도랑못을 둘러 파고 물을 채워 넣는 순간
문득 이 낱말이 와 닿을지도 모를 일이죠.

아랍어

명사

GURFA
[구르파]
한 줌의
물.
ml
170
160
150
140
130
120
110
100
90
80
70
60
50
40
30
20
10

시간이 흐르고 나서야 기막히게 통쾌한 말들이 떠오르는 건
언제나 절망스럽죠. 상대방을 멋지게 꼬집어 줄 수 있는 말들은
늘 한 템포 지나 맨 아래층 계단에 발을 디딜 때 떠오르는 법입니다.

이디시어

명사

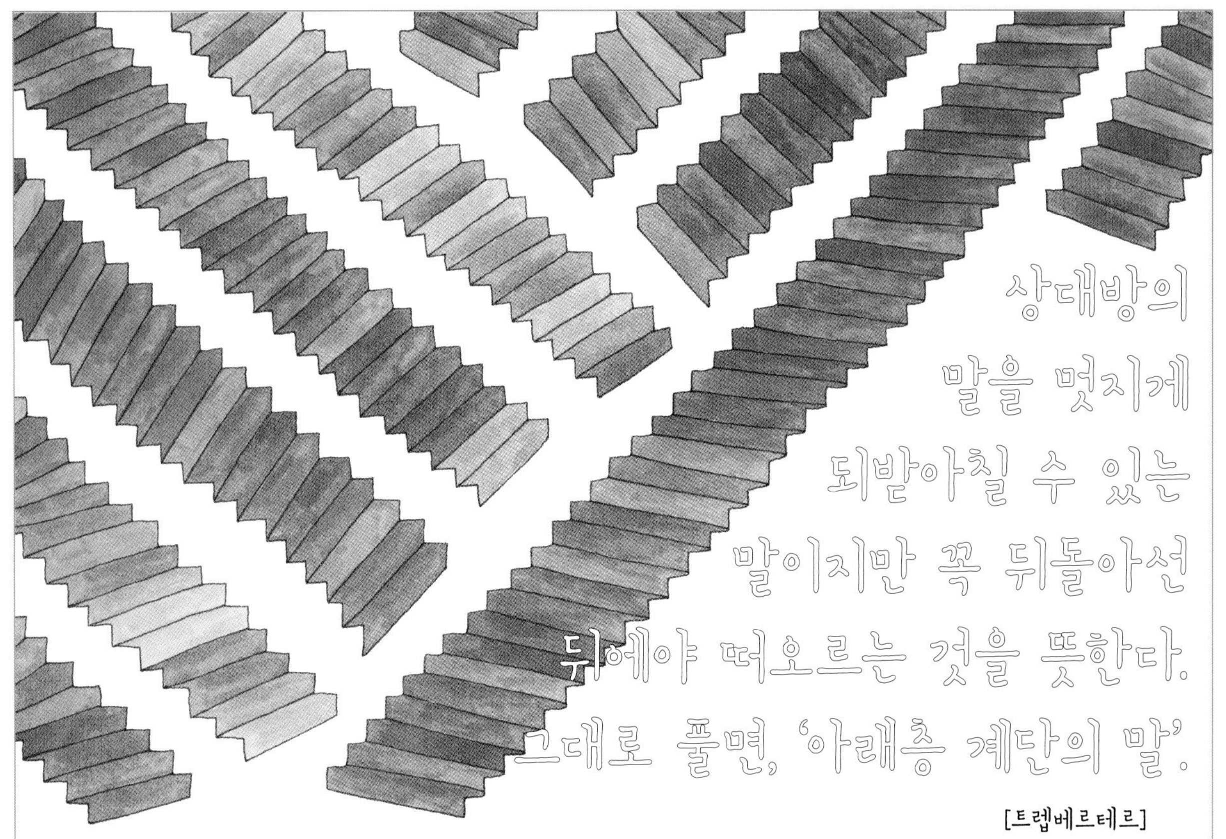

[트렙베르테르]

TREPVERTER

문제가 생겼을 때 아무렇지 않게 모래 속에 머리를 파묻고 상황이
정상으로 돌아갈 때까지 관여하지 않는 자세를 말합니다. 이런 태도의 끝이
별로 좋지는 않지만 많은 사람들이 어찌 되겠지 하며 회피하고 버티는 건 사실입니다.
그래서 네덜란드인들은 이런 태도를 비꼬며 이름을 붙여 놓았습니다. 그런데 사실
타조는 시속 50킬로미터로 달리는 재빠른 새라고 합니다. 꽤 인상적이죠?

네덜란드어

명사

STRUISVOGELPOLITIEK

[스트라위스보헬폴리틱]

원뜻은, '타조의 정치'. 안 좋은 일이 일어나도 모르는 척하는 태도를 말한다.

붓다의 가르침에서 파생된 말입니다.
불완전하고 부족한 가운데서 아름다움을 찾는 일본적 미학관의
중심 개념이지요. 삶의 덧없음과 모순성을 받아들이면
더 충만하고 겸손한 존재가 될 수 있다는 뜻과도 통합니다.

일본어

명사

WABI-SABI
[와비-사비]
생사의 윤회를
받아들이고
불완전함 속에서
아름다움을
찾는 것.

이 단어는 철자도 복잡하고
발음하기도 이해하기도 어렵게 생겼습니다.
야간어는 칠레 본토에서 멀리 떨어진
티에라델푸에고 제도의 토착어입니다.

야간어

명사

같은 것을 원하고 생각하는 (그러면서도 먼저 말을 꺼내고 싶어 하지는 않는) 두 사람 사이의 암묵적 인정과 이해.

[마밀라피나타파이]

MAMIHLAPINATAPAI

하루하루 날짜를 세다가, 이제는 매시간마다 시계를 봅니다.
곧 여행이 시작되리라는 것이 온몸으로 느껴질수록 가만히 있기도
어렵네요. 자, 이제 가방을 둘러 멥시다. 신발끈을 조이고,
모험과 미지의 세계로 담대하게 떠나 보는 거예요.

스웨덴어

명사

여행이 시작되기 전,
긴장과 기대로 쿵쾅거리는
심장 소리.

RESFEBER

[레스페베르]

그는 별 볼일 없는 사람일지도 모르지만

당신에게만큼은 정말 특별한 사람일 수도 있습니다.

아담한 햇살 조각 같은 당신 눈빛을 보니

그를 만난 당신은 틀림없이 행복한 사람이군요.

페르시아어

명사

[티암]
TIÁM
누군가를 처음 만난 순간
반짝이는 눈빛.

이 말은 낭만과 공포 사이 어딘가에 있습니다.

함께 있고 싶다는 속마음을 털어놓기에

가장 아름답고 충격적인 방법이겠습니다.

아랍어

명사

YA'ABURNEE

[야아부르니]

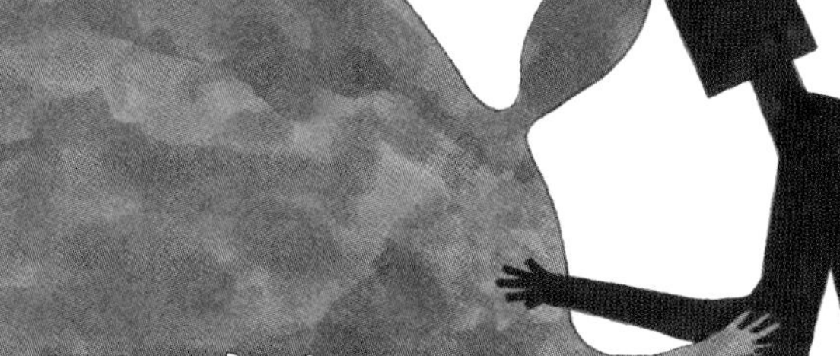

'나를 땅에
묻어 주세요'라는 의미. 그 사람 없이는 어차피
살아가기 힘들기에 자신이 그보다 먼저 죽고 싶다는,
아름답고 소름 끼치는 소망의 맹세를 말한다.

곧칫거리로 가득 찬 세상이지만, 짙은 가을날은 그래도
멋지게 물들어 갑니다. 사계절이 뚜렷한 곳에 살고 있나요?
저녁 햇살 내리는 어느 가을, 당신은 온갖 아름다운 색으로 물든
나무 아래에 앉아 '낙엽 빛깔' 안경 너머로 삶을 바라보고 있겠죠.

프랑스어

형용사

FEUILLEMORT

[피이모르]

낙엽 빛깔의.

부정확한 만큼 예측도 어려울 것 같지만, 실은
(적어도 순록을 잘 아는 사람들 사이에서는) 꽤 잘 알려져 있는 거리라고
합니다. '포론쿠세마'는 대략 7.5킬로미터를 말한다고 하네요.

핀란드어

명사

PORONKUSEMA

[포론쿠세마]

도전이라곤 없이 집 밖으로는
한 발자국도 나가지 않고 안주하기란 쉬운 법입니다.
그러지 말고 과감하게 냉수 목욕 한 번, 아니
두 번쯤 시도해 보는 건 어떨까요?

독일어

명사

(차가운 물도 뜨거운 물도 아닌) 오직 뜨뜻미지근한
물로만 샤워하려는 사람.
너무 겁이 많은 나머지
안전지대 밖으로는
한 발자국도 나가려 하지
않는 사람을 말한다.

[바름두셔]

WARMDUSCHER

때때로 상대방의 겉모습만으로는 그가 불안한지 화가 났는지
다정한지 슬퍼하는지 알아채기가 어렵습니다. 다만
한 사람을 오래 겪다 보면 미묘한 차이까지도 알아챌 수 있겠지요.

한국어

명사

NUNCHI [눈치]
눈에 띄지 않게 다른 이의 기분을 잘 알아채는 미묘한 기술.

사람들이 길을 가르쳐 주면 길을 완벽하게 이해하고
고개까지 끄덕이며 머릿속에 완전한 지도 하나를 그리고 돌아섭니다.
그러고는 좌회전이었나 우회전이었나조차 기억나지 않아
전혀 엉뚱한 길을 가는 경우가 있지 않나요?

하와이어

명사

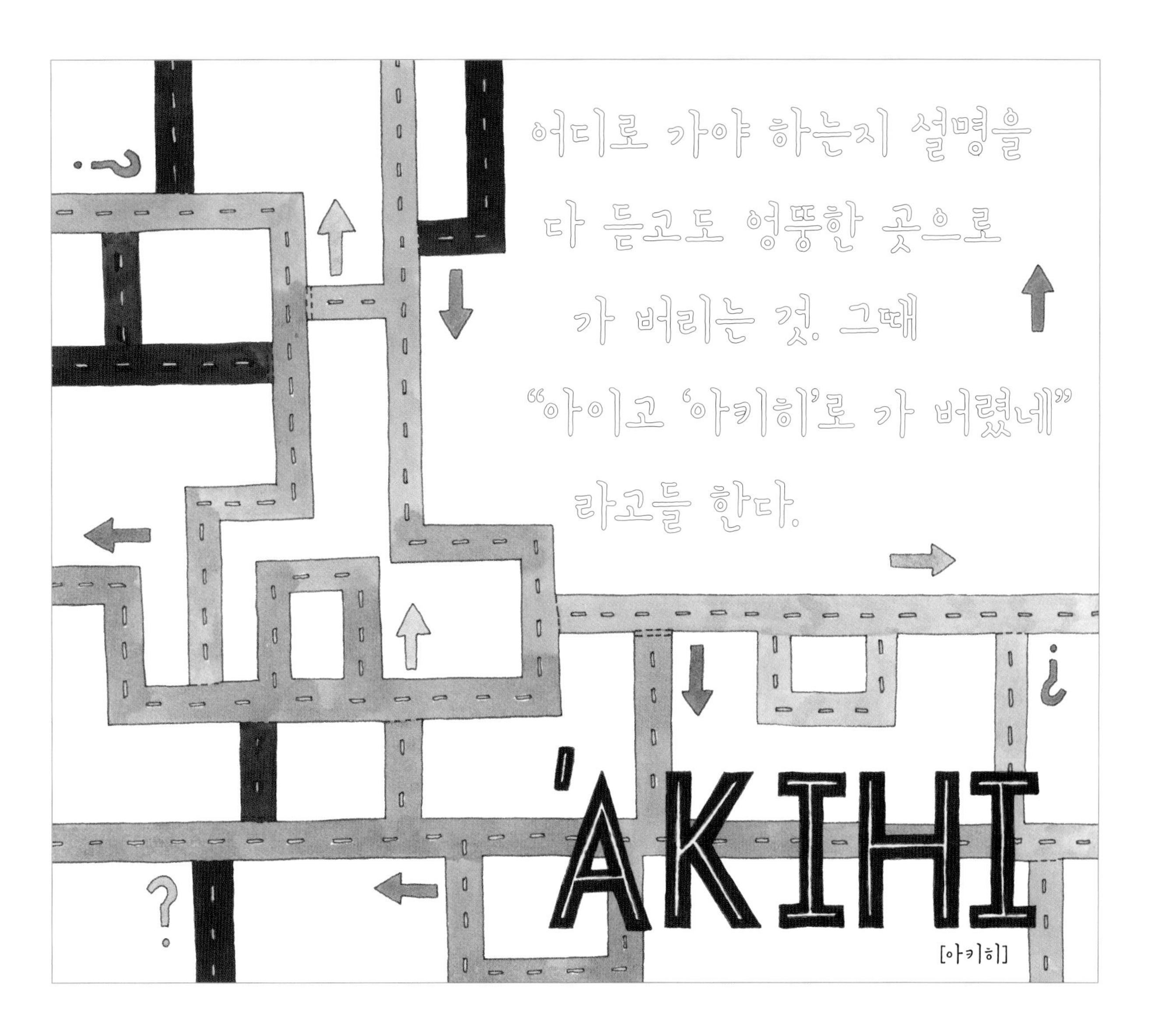
어디로 가야 하는지 설명을
다 듣고도 엉뚱한 곳으로
가 버리는 것. 그때
"아이고 '아키히'로 가 버렸네"
라고들 한다.
'AKIHI
[아키히]

모든 걸 아우르는 지혜의 바다 속이라면
만질 수 있는 것도 (완벽한 모양의 조개껍데기라든가)
만질 수 없는 것도 (살면서 만나는 수많은 질문들이라든가)
건져 낼 수 있을 것만 같습니다. 어쩌면 강 아니면 호수, 혹은
개울물 속에서 찾을 수 있을지도 모릅니다. 그리고 정말 아주 어쩌면,
비 온 뒤 괸 물웅덩이 아래에 그 무엇이 잠겨 있을지도 모릅니다.
(와기만어는 거의 소멸된 호주 원주민어 중 하나랍니다.)

와기만어

동사

MURR-MA [무르-마]

물속에서 발가락으로 무언가를 더듬더듬 찾는 행동.

'고야'는 환상의 왕국 속에 있습니다. 당신이 뭘 하고 있는지,
당신은 누군지마저 잊게 만드는 놀라운 소설 속의 왕국이죠.
'고야'는 당신에게 날개를 달아 주어 존재조차 모르던 높은 산맥 위로
날아오르게 합니다. 혹은 손에 노 한 번 쥐어 본 적 없는 당신을
망망대해로 보내 바다를 가르게도 하죠.

우르두어

명사

GOYA
[고야]
누군가에게 이야기를
읽어 줄 때,
정말 일어난
일처럼 믿게
만드는 고도의
구라.

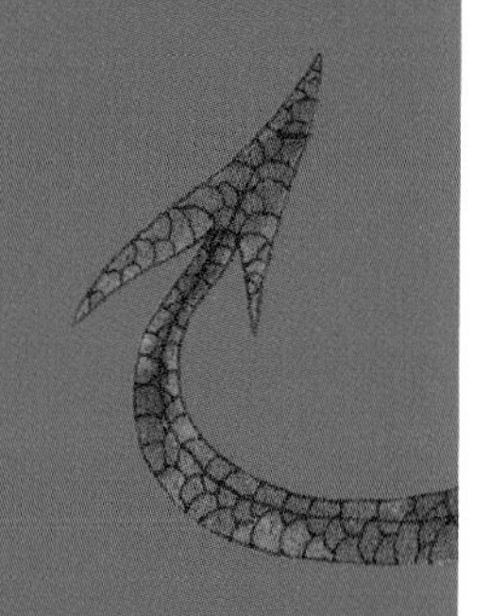

입에서 불을 내뿜는 용을 가볍게 보지 맙시다. 세 시간씩이나
늦게 집에 돌아오거나, 농구 게임을 보느라 결혼기념일을 잊었을 때,
아내의 용서를 돈으로 사는 따위의 행동은 용납될 수
없는 거지만…… 실은 꽤 자주 용납되더라고요.

독일어

명사

그대로 풀면 '용의 사료'.
남편이 자신의 나쁜 짓을
숨기기 위해 아내에게
건네주는 선물을 말한다.
[드라헨푸터]
DRACHENFUTTER

직관이라 불러도 좋고, 느낌 혹은 육감이라고 해도 좋습니다.
가끔 그냥 멋있는 사람을 만나게 될 때가 있습니다. 그럴 땐
그 사람도 당신의 마음을 알도록 하는 게 가장 좋겠지요.

헝가리어

형용사

SZIMPATIKUS

[심퍼티쿠시]

누군가를 처음 만나 직관적으로 좋은 사람이란 생각이 들 때, 그를 '심퍼티쿠시'한 사람이라고 부른다.

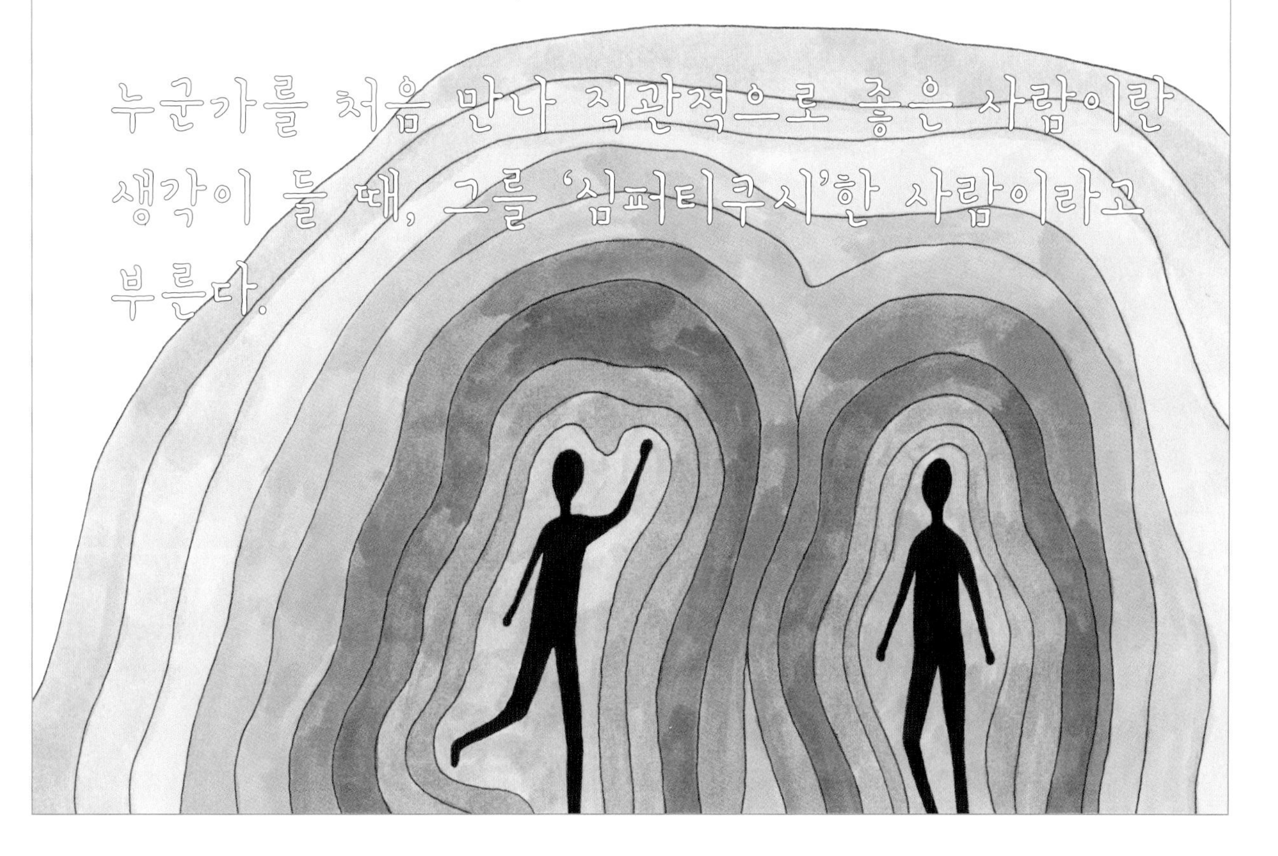

마음이 조바심과 학수고대 사이를 오가는 동안,

당신은 나갔다가 들어왔다가, 다시 나갔다가 다시 들어옵니다.

그 사람은 지금 고개를 넘고 있을까요, 길모퉁이를 돌았을까요.

그런데 이러면 시간이 더 빨리 지나갈까요?

글쎄요…… 그러게 말입니다.

이누이트어

명사

IKTSUARPOK

[익트수아르포크]

누군가가 (누구라도) 오는지
끊임없이 들락거리며
확인하고 기다리는 행동.

당신이 아직 경험해 보지 못한 감정일까요, 아니면 이미

숱하게 느꼈을까요. 어느 쪽이든 좋습니다.

연구 결과에 따르면, 가장 솔직히 자신의 마음을 표현할 때

비로소 '포렐시에'가 찾아온다고 하네요.

노르웨이어

명사

FORELSKET

[포렐시에]

사랑에 빠질 때

찾아오는,

말할 수 없이

행복한 마음.

'겨우 석 잔 갖고 그래?'라고 생각하든,

'석 잔은커녕 한 잔도 위장이 견디질 못하는걸' 하고 생각하든,

참으로 논리적이고 효과적인 말이라고

인정할 수밖에 없네요.

스웨덴어

'토르(tår)'는 커피 한 잔을 뜻한다. '파토르(patår)'는 리필된 커피를, 그러므로 '트레토르'는 한 번 더 리필한 커피, 즉 '스리필'한 커피를 말한다.

[트레토르]

TRETÅR

단 한 권의 책일 수도 있고 심각하게 쌓여 있는 책더미일 수도 있는 '츤도쿠'에 대해서 대부분의 사람들은 왠지 모르게 죄책감을 느끼기 마련입니다. 현관문 쪽으로 걸어가다, 읽지도 않은 찰스 디킨스의 《위대한 유산》에 발이 걸려 넘어지는 당신. 그런 당신을 사람들은 지적인 사람이라고 생각할지도 모르긴 합니다. 하지만 아무리 그래도 책 속 주인공들에게 한 번쯤은 햇빛 구경이라도 시켜 줘야 하지 않을까요.

일본어

명사

TSUNDOKU [츤도쿠]

사다 놓은 책을 펼치지도 않은 채
내버려 두기. 보통은 같은
운명의 다른 책들과
함께 쌓여 있기
마련이다.

이건 피할 수 없습니다.

제대로 한번 마셔 버리겠다는 전조이기도 하죠.

높은 알코올 도수 때문에 오는 증상이 아닙니다.

어슴푸레 동이 트는 아침까지

수 세대에 걸쳐 위스키를 마셔 온 스코틀랜드 사람들을

어둡고 담배연기 자욱한 바에서 느낄 수 있을 겁니다.

게일어

명사

SGRÌOB
[스그리이브]
앞에 둔 위스키를 한 잔 마시기 전,
윗입술이 간질거리는
기이한 기분.

케이블들은 서로 엉키기를 참 좋아합니다. 뒤돌아서서 일 초만 지나면, 며칠 동안 풀어 헤쳐야 할 만큼 선들이 엉켜 있을 겁니다. 최대한 빨리 발견하든가 아니면 인내심이 좋든가, 선택은 둘 중 하나죠.

독일어

명사

KABEL SALAT
[카벨 잘라트]
엉망으로 헝클어진
케이블선 더미를 가리키는 말.
말 그대로 '케이블 샐러드'.

그곳이 세상 끝이라 해도

당신과 함께 갈 사람들이 있을 겁니다.

무한한 힘을 당신에게 주고, 환한 웃음을 당신의 얼굴에 선물해 줄

그런 사람들이겠지요.

우르두어

명사

조건 없이 사랑받고 있다는 걸 알기에 느끼는 긍지와 자신감.
[나스]
NAZ

그들의 머릿속엔 구름 같은 몽상이 가득 차 있어서 좀처럼
땅으로 내려올 생각이 없습니다. 꿈 같은 환상의 세상 속에 살고 있기 때문입니다.
9시에 출근하고 5시에 퇴근하는 삶이란 이런 세상엔 존재하지 않습니다.
그러니 그들이 어찌 단순한 서류 업무를 하면서 시간을 보낼 수 있겠어요.
점점 진짜 현실과는 멀어지고, 가공의 현실 속에서 살 수밖에 없는 거지요.

이디시어

명사

몽상가적 기질이 있는 사람을 일컫는 말.
그대로 풀면 '공기 인간'이다.

[루프트멘시]

LUFTMENSCH

단순히 무언가 혹은 누군가를 그리워하는 것보다 더 강한 감정이라고
할 수 있습니다. '사우다드'는 아름답고 가슴 저미는 예술과 문학의 주제가 되어 왔고
또 계속 그러할 것입니다. 같은 포르투갈어권 국가라도 나라마다 사람마다
조금씩 다른 뉘앙스가 존재합니다. 브라질에서는 매년 1월
'사우다지'*의 날을 정해 놓고 기념할 정도이지요.

포르투갈어

명사

*브라질 포르투갈어에선 '사우다지'라고 부릅니다.(옮긴이)

SAUDADE

[사우다드]

존재하지 않는,
아니 존재할 수
없는 것을 향한
어렴풋하고 한결같은
갈망. 사랑했다 잃어버린
사람 혹은 사물에 대한
향수 어린 그리움.

헐렁한 셔츠를 입는 어린 학생들과는 관계가 없는,
마흔 아래 '젊은이'들의 패션 습관이 여기 해당되겠습니다.
'코티수엘토'는 주로 딱 맞는 사이즈의 옷을 입는,
세상일도 옷 고르는 일도 편해진 나이의 남자들을 말합니다.

카리브해 스페인어

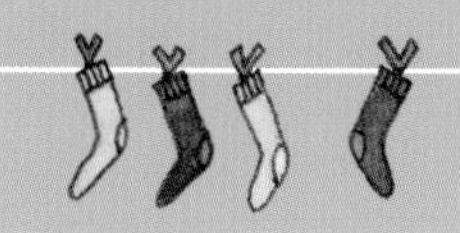

명사

언제나 바지 밖으로
셔츠를 빼내
입는 남자.
[코티수엘토]
COTISUELTO

대부분의 사람들은 더 이상 느끼지 못하는 기분이기도 합니다.

도시의 공원은 숲을 대신하기엔 무리가 있으니까요. 현대인들은 인공적인 것들에만 연결되어 살아갑니다. 하지만, 나무가 우거진 대자연 속으로 성큼 들어서면 누구라도 골치 아픈 일상에서 한 발 비켜설 수 있습니다. 그렇게 잠시 숲 속에 있는 것만으로도 당신의 영혼이 당신에게 '고마워'라고 말해 줄 거예요.

독일어

명사

WALDEINSAMKEIT

[발다인잠카이트]

숲 속에 혼자 남겨진 기분.
편안한 고독감 그리고
자연과 맞닿은 느낌.

브라질 사람들은 자신의 감정과 감각에 온전히 기대 살아갑니다.
그런 만큼 이런 단어에 이름이 있다는 것도 놀랄 일은 아닙니다.
샴푸 향기에 반해 누군가를 사랑하게 될 수도 있는 거라고,
브라질 사람들이 말해 주는 듯도 싶어요. 고불고불 땋은 내 머리카락을
그의 손가락이 아무리 비비 꼬아도 마음은 여전히 편안합니다.

브라질 포르투갈어

명사

사랑하는 이의
머리카락을
부드럽게
손가락으로
쓰다듬어
주는 것.
CAFUNÉ
[카푸네]

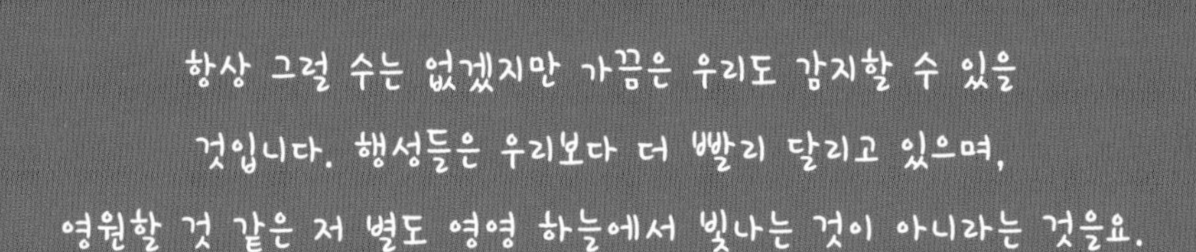
항상 그럴 수는 없겠지만 가끔은 우리도 감지할 수 있을
것입니다. 행성들은 우리보다 더 빨리 달리고 있으며,
영원할 것 같은 저 별도 영영 하늘에서 빛나는 것이 아니라는 것을요.

산스크리트어

명사

KALPA

[칼파]

거대한
우주적 단위로 말해지는
시간의 흐름.

감사의 글

단 한 권의 책 속에 수많은 세상이 함께 뒤섞여 있었습니다. 그런 책을 펴낼 수 있게 되어서 얼마나 기쁜지 모릅니다. 이 감사의 글을 통해서, 나와 같은 부족한 저자와 함께해 준 많은 분들께 진심으로 그리고 오래도록 표현하고 싶은, 감사 이상의 마음을 전하려 합니다.

에이전트와 편집자, 둘과 동시에 결혼할 수 있다면, 정말이지 난 그러고 싶다는 엉뚱한 상상도 해 봅니다. 엘리자베스와 카이틀린, 이 책의 작업을 시작하는 순간부터 두 사람의 상냥한 말과 격려가 얼마나 큰 힘이 되었는지 몰라요. 고맙습니다. 이 세상의 많은 사람들을 이렇게 책 한 권 속에서 엮어 주었네요. 사람들 사이엔 넓디넓은 바다가 놓여 있다고들 하지만, 놀랍게도 이젠 대서양마저도 아무것도 아닌 것처럼 느껴집니다. 세라, 당신이 이 아름다운 작업을 함께해 준 거예요. 고마워요. 조니, 멋진 아이디어 고마워요. 이메일만 서로 주고받아서 직접 만나 보지 못한 모든 분들, 나로 하여금 이 작업을 할 수 있도록 이끌어 주어서 고맙습니다. 출판계 사람들에게, 당신들 무리에 끼워 주어서 감사해요. 앞으로도 같이, 다음 책은 어떤 질감의 종이를 써서 만들까, 오래도록 함께 고민하며 지낼 수 있기를.

우리집 가계도 위에 그려진, 작은 기적 같은 나의 가족들에게, 못 미덥게 떠 있는 이 배를 지켜 주어서 고마워요. 우리 식구들 모두 잘 알고 있겠지만, 당신들 중 누구 하나라도 없었다면 난 지금 여기에 없었을 겁니다. 그래요, 딘, 당신도 그중 하나가 된 거예요.

그리고 물론, '당신'에게. 늘 당신이었고, 앞으로도 늘 당신일 겁니다. 고마워요.

옮긴이의 글

지금 나의 책상 위에는 커피잔 하나가 놓여 있습니다. 해도 뜨지 않은 이른 새벽부터 이미 '파토르'를 했습니다. 창밖에는 별처럼 뱃불이 떠 있고, 갈매기 소리에 하늘이 환해져 오는 시간입니다. 시계를 보며 '트레토르'를 고민하다가, 오늘 신문, 아니 어제 신문을 가지러 문밖을 나섭니다.

여기 시골 마을에는 하루 늦은 신문이 배달됩니다. 시골이 좋다고 도시를 훌쩍 떠난 나에게 서울은 아련한 '히라에스'의 도시입니다. 어이없는 나의 '자유스'를 들어주던 친구들이 있는 곳, 그런 친구들과 보내던 '사마르'와 '피카'의 날들이 있던 곳, 노래 앞에서만큼은 '메라키'의 마음으로 살겠다 다짐하며 유학 생활을 마치고 돌아왔던 곳입니다.

3월에 들어섰지만 아직도 꽃샘추위가 매섭습니다. 유럽에도 꽃샘추위는 있는지라, 늘 이맘때면 외국 친구들에게 '꽃샘추위'의 뜻을 풀어 주곤 했었습니다. 다른 나라 말로 이 아름다운 우리말의 모양새며 속뜻을 열심히 설명해 줄 때마다 항상 마음이 뿌듯했었습니다. 그 시절, 비싼 실험용 금 이온($HAuCl_4$) 용액 대신 순금을 직접 왕수에 녹여서 쓰기도 하던, 그야말로 '주가드'의 실험실 생활도 이젠 오랜 '사우다드'가 되었습니다.

어떤 일본인이 내 음악을 두고 "'코모레비'만큼이나 화사하네요"라고 한 적이 있습니다. 그 이후 오래도록 나는 '이 아름다운 낱말을 우리말로 옮길 수는 없을까?' 하고 생각해 왔습니다. 시간이 흘러 매일같이 '코모레비' 내리는 나무들을 돌보는 일을 하게 된 지금, 이 책을 통해 다시 '코모레비'를 만나게 되었고, 운 좋게 번역을 맡았습니다.

겨우내 매달린 번역을 마치니 봄이 와 있습니다. 그리고 번역을 마친 어느 날, '나뭇빛살'이란 단어가 머릿속에 떠오릅니다.

그래서, 지은이가 앞에 썼듯이, 나 역시 이 책을 통해 궁금했던 질문에 대한 해답 하나를 선물 받은 셈입니다. '코모레비', 아니 '나뭇빛살'과 새로운 연을 닿게 해 준, 지은이 엘라 프랜시스 샌더스와 시공사의 모든 분들께 감사드립니다. 오늘 과수원에서 돌아오는 길엔 숲 속을 걸어 볼까, 긴 겨울이 끝난 '발다인잠카이트'의 숲을 찾아가 볼까, 생각해 봅니다. 재재대는 동박새 노랫소리를 듣고 있으면 '보케토'의 마음이 찾아올 테고, 시린 꽃샘추위와도 살갑게 헤어질 수 있을 것 같습니다.

2016년 꽃샘추위의 뒷자락에서

루시드폴

나 역시 길들여지지 않네

나 역시 번역될 수 없네

-월트 휘트먼

© Gareth Iwan Jones

지은이 엘라 프랜시스 샌더스 Ella Frances Sanders

작가이자 일러스트레이터로 영국 잉글랜드 중부의 작은 마을에서 태어났습니다. 나무에 오르고 그림 그리기를 좋아하던 소녀는 대학에 들어가 미술과 그래픽디자인을 공부하고, 자신의 그림과 글로 이루어진 독특한 작업물을 블로그에 올리기 시작했습니다. 그중 어린 시절 여러 나라에서 머물렀던 경험을 바탕으로 '다른 나라 말로 옮길 수 없는 세상의 낱말들'을 일러스트와 함께 포스팅한 것이 화제가 되어 책으로까지 나오게 되었습니다. 여전히 세계 여러 나라에서 지내는 것을 좋아하며, 지금은 모로코, 영국, 스위스 등에서 '다른 나라에는 없는 세계의 재미있는 표현들'에 관한 책을 준비 중입니다. 작가의 다른 작품과 이 책에 대한 더 많은 정보는 작가 홈페이지(http://ellafrancessanders.com/)에서 볼 수 있습니다.

옮긴이 루시드폴

음악을 만들며 감귤나무를 돌보는 농부입니다. 인디밴드 '미선이'의 첫 앨범 〈Drifting〉으로 데뷔했고, 솔로 1집 〈Lucid Fall〉을 시작으로 〈오, 사랑〉, 〈국경의 밤〉, 〈레미제라블〉, 〈아름다운 날들〉, 〈꽃은 말이 없다.〉, 〈누군가를 위한,〉까지 총 일곱 장의 정규 앨범과 가사 모음집 《물고기 마음》, 소설집 《무국적 요리》 등을 발표했습니다. 번역서로는 시쿠 부아르키의 소설 《부다페스트》, 아이들을 위한 그림책 《어쩌다 여왕님》, 《책 읽는 유령 크니기》 등이 있습니다.

마음도 번역이 되나요

초판 1쇄 발행일 2016년 3월 23일
초판 9쇄 발행일 2023년 10월 11일

지은이 엘라 프랜시스 샌더스
옮긴이 루시드폴

발행인 윤호권
사업총괄 정유한

편집 황경하 **디자인** 전경아 **마케팅** 정재영, 윤아림
발행처 ㈜시공사 **주소** 서울시 성동구 상원1길 22, 6-8층(우편번호 04779)
대표전화 02-3486-6877 **팩스(주문)** 02-585-1755
홈페이지 www.sigongsa.com / www.sigongjunior.com

ISBN 978-89-527-7585-6 04800
ISBN 978-89-527-8202-1 (세트)

*시공사는 시공간을 넘는 무한한 콘텐츠 세상을 만듭니다.
*시공사는 더 나은 내일을 함께 만들 여러분의 소중한 의견을 기다립니다.
*잘못 만들어진 책은 구입하신 곳에서 바꾸어 드립니다.